Y

LES
LEÇONS
ET LES
PSEAVMES
CHANTEZ
AVX TENEBRES
DV ROY,
MIS EN VERS FRANCOIS.

par M. Perrin, Conseiller du Roy en ses Conseils, Intro-ducteur des Ambassadeurs prés feu Monseigneur le Duc d'Orleans.

Presentez à sa Majesté.

A PARIS,

Chez ESTIENNE LOYSON, au Palais, à l'entrée de la Gallerie des Prisonniers au Nom de IESVS.

M. DC. LXIV.

Auec Priuilege du Roy.

LES
LEÇONS
ET LES
PSEAVMES
CHANTEZ
AVX TENEBRES
DV ROY,
MIS EN VERS
FRANÇOIS.

INCIPIT LAMENTATIO
Ieremiæ Prophetæ.

Lectio 1.   Cap. 1.   *Aleph.*

Quomodo sedet sola ciuitas plena populo? facta est quasi vidua domina Gentium : princeps prouinciarum facta est sub tributo.

Beth. Plorans plorauit in nocte, & lachrymæ cius in maxillis eius : non est qui consoletur eam ex omnibus charis eius. Omnes amici eius spreuerunt eam, & facti sunt ei inimici.

Ghimel. Migrauit Iudas propter afflictionem, & multitudinem seruitutis : habitauit inter Gentes, nec inuenit requiem. Omnes persecutores eius apprehenderunt eam inter angustias.

Daleth. Viæ Sion lugent, eo quod non sit qui veniat ad solemnitatem, omnes portæ eius destructæ, sacerdotes eius gementes, virgines eius squalidæ, & ipsa oppressa amaritudine.

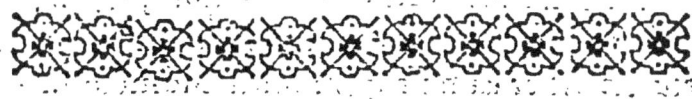

Leçons du premier iour.

Le commencement de la Lamentation du
Prophete Ieremie.

LEÇON I.   Chapitre I.

Aleph. HE quoy? Hierusalem n'est qu'vne solitude?
Cette ville abondante en peuples triophas,
Semble vne mere sans enfans.
La Reyne des Citez est dans la seruitude.
Beth. Toute la nuict elle plaint ses mal-heurs,
Son visage est baigné de pleurs,
Et dans l'ennuy qui la desole,
De tous ses bien-aymez aucun ne la console:
Ils la méprisent tous, & ses plus chers amis
Sont deuenus ses ennemis.
Ghimel. Le peuple de Iuda pressé de ses miseres,
Et des longues douleurs de sa captiuité,
Pour trouuer du repos en sa calamité,
Tâche en vain de passer aux terres étrangeres:
Dans les détroits saisi des ennemis,
Il est par eux à la chaisne remis.
Daleth. Tout pleure dans Sion, l'on ne voit plus ses ruës
Pleines de Nations aux festes accouruës:
Ses portes sont à bas, ses Prestres gemissans,
Ses Vierges affligées,
Sales & negligées,
Et tous ses citoyens tristes & languissans.

A ij

Hé. Facti sunt hostes eius in capite, inimici
eius locupletati sunt : quia Dominus locutus est super eam propter multitudinem iniquitatum eius. Paruuli eius ducti sunt in
captiuitatem, ante faciem tribulantis.

Ierusalem, Ierusalem, conuertere ad Dominum Deum tuum.

Lectio 2.   *Vau.*

ET egressus est à filia Sion omnis decor
eius:facti sunt principes eius velut arie-
tes non inuenientes pascua:& abierunt absq-
que fortitudine ante faciem subsequen-
tis.

Zain. Recordata est Ierusalem dierum afflic-
ctionis suæ & præuaricationis omnium de-
siderabilium suorum , quæ habuerat à diebus antiquis , cum caderet populus eius in
manu hostili, & non esset auxiliator. Viderunt eam hostes , & deriserunt Sabbata
eius.

Heth. Peccatum peccauit Ierusalem, propterea instabilis facta est. Omnes qui glori-
ficabant eam, spreuerunt illam : quia viderunt ignominiam eius. Ipsa autem gemens
conuersa est retrorsum.

Teth. Sordes eius in pedibus eius, nec recordata est finis sui. Deposita est vehementer,
non habens consolatorem. Vide , Domine,

Hé. De ses persecuteurs la troupe criminele
Est pleine d'abondance & de prosperitez;
Parce que le Seigneur maudit cette infidele,
Pour le nombre infiny de ses iniquitez:
Ses enfans sont menez dans vn dur esclauage,
    Deuant l'ennemy qui l'outrage.
Implore ton Seigneur, miserable Sion:
    Et pense à ta conuersion.

Seconde Leçon.

Vau. DEl'aymable Sion la beauté s'est flétrie,
    Et les Princes de la patrie;
Ainsi que des moutons d'herbage dénuez,
    Foibles, extenuez,
    Marchent dessus la plaine,
    Deuant celuy qui les emmene.
Zain. Elle croit voir encor ses miserables iours,
Quand ses anciens tresors furent mis au pillage:
Quand son peuple mourant & priué de secours
    Tomba dans l'esclauage.
L'ennemy qui la voit dans cette aduersité,
Se mocque des sabbats de la sainte Cité.
Heth. La rebelle Sion a perdu l'innocence,
C'est pourquoy le Seigneur affoiblit sa puissance:
Tous ceux qui publioient sa valeur & son prix,
Voyans son des-honneur, la tiennent à mépris;
    Elle que la douleur trauerse,
    Soupire & tombe à la renuerse.
Teth. Elle laisse à ses pieds ses ordures croupir,
Sans voir qu'elle est bien près de sõ dernier soupir:
Tout le monde la quitte, & cette désolée
    De personne n'est consolée.
    Voyez, dit-elle, en ses mal-heurs,
    Mes cruelles douleurs.

                A iij

afflictionem meam, quoniam erectus est inimicus.

Ierusalem, Ierusalem, conuertere ad Dominum Deum tuum.

Lectio 3. *Iod.*

MAnum suam misit hostis ad omnia desiderabilia eius : quia vidit Gentes ingressas Sanctuarium suum, de quibus præceperas ne intrarent in Ecclesiam tuam.

Caph. Omnis populus eius gemens, & quærens panem : dederunt pretiosa quæque pro cibo ad refocillandam animam. Vide Domine, & considera, quoniam facta sum vilis.

Lamed. O vos omnes, qui transitis per viam, attendite, & videte, si est dolor sicut dolor meus : quoniam vindemiauit me, vt locutus est Dominus in die iræ furoris sui.

Mem. De excelso misit ignem in ossibus meis, & erudiuit me: expandit rete pedibus meis, conuertit me retrorsum: posuit me desolatam, tota die mœrore confectam.

Nun. Vigilauit iugum iniquitatum mearū: in manu eius conuolutæ sunt , & impositæ collo meo : infirmata est virtus mea : dedit me Dominus in manu , de qua non potero surgere.

Ierusalem, Ierusalem, conuertere ad Dominum Deum tuum.

Mon Dieu ! considerez ma peine,
Et comme l'ennemy contre moy se déchaisne.
Implore ton Seigneur, miserable Sion,
Et pense à ta conuersion.

Troisiesme Leçon.

Iod. ELle a veu de ses yeux la main de l'aduersaire
Piller ce qu'elle a de plus cher;
Parce qu'elle a souffert dans vostre Sanctuaire,
Ceux à qui vostre loy, deffend d'en approcher.
Caph.   Son peuple accablé de miseres,
Pleure, gemit, & va cherchant du pain:
Il donne aueuglement les choses les plus cheres,
Pour soustenir sa vie & soulager sa faim.
Voyez, dit au Seigneur cette pauure éplorée,
Combien ie suis des-honorée.
Lamed.   Vous qui passez dans les chemins;
Voyez s'il fut iamais de maux plus inhumains:
La colere de Dieu dessus moy s'est vangée,
Et m'a, comme il a dit, détruite & rauagée.
Mem. Pour ma conuersion, il a du haut des cieux,
Iusqu'au fonds de mes os, fait descendre ses feux:
Il a tendu ses rets lors que ie suis passée,
Et m'a fait tomber renuersée.
Il m'abandonne en mes mal-heurs,
Et me fait iour & nuict consumer en douleurs.
Nun. Mes crimes trop long-temps à ses yeux exposez,
Sont paruenus enfin dans sa main irritée:
Il les a comme vn ioug sur mon col imposez,
Et sous leur pesanteur ma force m'a quittée.
En de cruelles mains mon Dieu m'a fait tomber,
Sous qui l'on me verra pour iamais succomber.
Sion, pauure Sion, implore en tes disgraces
De ton Dieu ton Seigneur le secours & les graces.

LES LEÇONS

De Lamentatióne Ieremiæ Prophetæ.

Lectio I.   Cap. 2.   Heth.

COgitauit Dominus diſſipare murum filiæ Sion : tetendit funiculum ſuum, & non auertit manum ſuam à perditione: fluxitque antemurale, & murus pariter diſſipatus eſt.

Teth. Defixæ ſunt in terra portæ eius: perdidit & contriuit vectes eius : regem eius & principes eius in gentibus. Non eſt lex, & Prophetæ eius non inuenerunt viſionem à Domino.

Iod. Sederunt in terra, conticuerunt ſenes filiæ Sion, conſperſerunt cinere capita ſua, accincti ſunt ciliciis, abiecerunt in terram capita ſua virgines Ieruſalem.

Caph. Defecerunt præ lacrymis oculi mei, conturbata ſunt viſcera mea. Effuſum eſt in terra iecur meum ſuper contritióne filiæ populi mei, cum deficeret paruulus & lactens in plateis oppidi.

Ieruſalem, Ieruſalem, conuertere ad Dominum Deum tuum.

Leçons du second iour.

Tirées de la Lamentation du Prophete Ieremie.

LEÇON I. Chap. 2.

Heth LE Seigneur s'est mis en pensée
De dissiper les murs de la pauure Sion:
Il a tendu son arc pour sa destruction,
Sans détourner le coup de sa main offensée:
D'abord ses parapets ont esté renuersez,
Et ses murs dispersez.

Teth. Les portes de la ville en terre sont fonduës,
Ses verroux sont brisez & ses barres perduës,
Ses Princes & son Roy sont chez les Nations,
Elle n'a plus ny loy ny festes,
Et le Seigneur à ses Prophetes
A refusé ses reuelations.

Iod. Les vieillards de Sion sont assis sur la terre,
Muets, languissans, abattus,
Sur la teste couuerts de poussiere & de terre,
Et de cilices reuestus,
Et les Vierges écheuelées
Panchent leurs testes desolées.

Caph. Mes yeux, dit-elle, en larmes sont fondus,
Mes entrailles troublées,
Mes intestins sur la terre épandus,
Quand ie voy de douleur mes filles accablées,
Et languir mes enfans dans la necessité,
Sur les places de ma Cité.
Sion, pauure Sion, implore en tes disgraces
De ton Dieu, ton Seigneur, le secours & les graces.

Lectio 2. *Lamed.*

MAtribus suis dixerunt : Vbi est triti-
cum & vinum? cum deficerent quasi
vulnerati in plateis ciuitatis , cum exha-
larent animas suas in sinu matrum sua-
rum.

Mem. Cui comparabo te, vel cui assimilabo
te, filia Ierusalem ? cui exæquabo te, & con-
solabor te, virgo filia Sion, Magna est enim
velut mare contritio tua : quis medebitur
tui ?

Nun. Prophetæ tui viderunt tibi falsa , &
stulta, nec aperiebant iniquitatem tuam, vt
te ad pœnitentiam prouocarent : viderunt
autem tibi assumptiones falsas , & eiectio-
nes.

Samech. Plauserunt super te manibus omnes
transeuntes per viam : sibilauerunt, & mo-
uerunt caput suum super filiam Ierusalem:
Hæccine est vrbs , dicentes , perfecti deco-
ris, gaudium vniuersæ terræ?
Ierusalem, Ierusalem, conuertere ad Dominum Deum tuum.

Lectio 3. Cap. 3. *Aleph.*

EGo vir videns paupertatem meam , in
virga indignationis eius.

Aleph. Me minauit, & adduxit in tenebras,
& non in lucem.

Seconde Leçon.

Lamed. OV donc est nostre pain?
Où donc est nostre vin?
Disent en leurs miseres,
Les enfans à leurs meres:
Ainsi que des blessez sur les places mourants,
Et sur leur giron expirants.

Mem. A qui, Hierusalem, sembles-tu comparable?
Qui t'égala iamais, ô ville miserable?
Comment te consoler en ton affliction,
Malheureuse Sion?
Comme la mer, ta douleur est immense?
Qui pourra soulager ou finir ta souffrance?

Nun. Tes Prophetes n'ont eu dedans leurs visions
Que des illusions:
Ils n'ont pas découuert tes crimes,
Pour t'inuiter aux remords legitimes.
Ils ont réué pour toy, dans leurs folles ardeurs,
De faux abaissemens & de fausses grandeurs.

Samech. Tout le monde t'a méprisée,
Ceux qui passent dans les chemins,
En te voyant, battent des mains
Et sifflent par risée.
Est-ce là, disent ces peruers,
En secoüiant la teste,
Cette ville autrefois en beauté si parfaite,
Les delices de l'Vniuers?
Sion, pauure Sion, implore en tes disgraces
De ton Dieu ton Seigneur, le secours & les graces.

LEÇON 3. Chap. 3.

Aleph. IE me suis veu tomber dans la necessité,
Sous la verge de Dieu de mon crime irrité:
Il m'échaisne, il m'entraisne en des cachots funebres,
A u milieu des tenebres,

Aleph. Tantum in me vertit, & conuertit manum suam tota die.

Beth. Vetustam fecit pellem meam & carnem meam; contriuit ossa mea.

Beth. Ædificauit in gyro meo & circumdedit me felle & labore.

Beth. In tenebrosis collocauit me : quasi mortuos sempiternos.

Ghimel. Circumædificauit aduersum me, vt non egrediar : aggrauauit compedem meum.

Ghimel. Sed & cum clamauero & rogauero, exclusit orationem meam.

Ghimel. Conclusit vias meas lapidibus quadris: semitas meas subuertit.

Ierusalem, Ierusalem, conuertere ad Dominum Deum tuum.

De Lamentatione Ieremiæ Prophetæ.

Lectio 1.   Cap. 3.   *Heth.*

Misericordiæ Domini, quia non sumus consumpti, quia non defecerunt miserationes eius.

Heth. Noui diluculo, multa est fides tua.

Heth. Pars mea Dominus, dixit anima mea, propterea expectabo cum.

Teth. Bonus est Dominus sperantibus in eum, animæ quærenti illum.

Et fa main en courroux
Me charge tout le iour & recharge de coups,
Beth. Il a fait que ma chair & ma peau fe confume
Qu'é mes os font rōpus & mon corps tout froiſſé,
Tout à l'en tour de moy fa colere a dreſſé
D'effroyables remparts de peine & d'amertume,
Il m'a plongé pour vne eternité,
Comme les morts, dedans l'obſcurité.

Ghimel.　De peur que ie ne forte,
Il leue autour de moy des priſons & des tours,
Il rend mes fers plus pefans & plus lourds,
　　Et ma chaiſne plus forte,
Et lors qu'à fa pitié ie penſe recourir,
　　Il ne daigne me fecourir.
Il me ferme la route, & de pierres de taille
Deſſus tous mes chemins, il dreſſe vne muraille.
Implore ton Seigneur, miſerable Sion,
　　Et penſe à ta conuerſion.

Leçons du troiſieſme iour,

*Tirées de la Lamentation du Prophete
Ieremie.*

1. LEÇON.　　　Chap. 3.

Heth. **B**Eniſſons le Seigneur & fa miſericorde
　　Ponr le falut qu'il nous accorde,
　　Lors que nous l'auons inuoqué,
　　Iamais fa grace n'a manqué.
Dés que le iour, dit il, eut éclairé la nuë,
　　Ta foy me fut connuë:
Auſſi mō ame a dit, c'eſt mō Dieu, mō Seigneur,
　　Mon partage & tout mon bon-heur,
　　I'attendray fa venuë.

B

Teth. Bonum est præstolari cum silentio salutare Dei.

Teth. Bonum est viro, cum portauerit iugum ab adolescentia sua.

Iod. Sedebit solitarius, & tacebit, quia leuauit super se.

Iod. Ponet in puluere os suum, si forte sit spes.

Iod. Dabit percutienti se maxillam, saturabitur opprobriis.

Ierusalem, Ierusalem, conuertere ad Dominum Deum tuum.

Lectio 2.   Cap. 4.   *Aleph.*

Q Vomodo obscuratum est aurum, mutatus est color optimus; dispersi sunt lapides sanctuarij in capite omnium platearum !

Beth. Filij Sion inclyti, & amicti auro primo : quomodo reputati sunt in vasa testea, opus manuum figuli.

Ghimel. Sed & Lamiæ nudauerunt mammam; lactauerunt catulos suos : filia populi mei crudelis quasi Struthio in deserto.

Teth.　　　　Le Seigneur est bon à celuy
　　　　Qui le cherche, & qui met en luy
　　　　Son vnique esperance:
Heureux celuy qui peut, sans murmurer,
　　　　En sa grace esperer,
Et qui porte son ioug depuis l'adolescence.
Ioà. Il se retirera, muet & sans discours,
　　　　Si son courroux luy fait la guerre:
　　　　Il attendra, la bouche contre terre,
　　　　S'il est quelque espoir de secours:
Aux coups il prestera le dos & le visage,
Et se lairra combler de douleur & d'outrage.
Implore ton Seigneur, miserable Sion,
　　　　Et pense à ta conuersion.

　　　　LEÇON 2.　　　　Chap. 4.

Aleph. **H**Elas! comment est-il possible
　　　　Que l'or du temple soit noircy?
　　　　Comment peut-on changer ainsi
　　　　Vne couleur incorruptible?
　　　　Quel bras a reuersé
De la maison de Dieu les ouurages antiques?
　　　　Quel le fureur a dispersé
Ses pierres & ses murs dans les places publiques?
Beth. Les enfans de Sion, de pourpre & d'or parez,
Autrefois si brillans, ne sont plus comparez
　　　　Qu'à de méchans vases d'argile,
　　　　D'vn potier l'ouurage fragile.
Ghimel. La vorace Lamie erre le sein ouuert,
　　　　Et ses petits pendus à ses mammilles:
　　　　Et mes filles sont plus cruelles,
　　　　Que l'Autruche n'est au desert.

　　　　　　　　　B iij

Daleth. Adhæsit lingua lactentis ad pala-
tum eius in siti: paruuli petierunt panem,
& non erat qui frangeret eis.

Hé. Qui vescebantur voluptuosè, interie-
runt in viis : qui nutriebantur in croceis,
amplexati sunt stercora.

Vau. Et maio. effecta est iniquitas filiæ populi mei peccato Sodomorum : quæ sub-
uersa est in momento. & non ceperunt in
ea manus.

Ierusalem, Ierusalem, conuertere ad Dominum Deum tuum.

Incipit Oratio Ieremiæ Prophetæ.

Lectio 3.   Cap. 5.

REcordare Domine, quid acciderit
nobis , intuere & respice oppro-
brium nostrum. Hereditas nostra versa
est ad alienos, domus nostræ ad extra-
neos. Pupilli facti sumus absque patre:
matres nostræ quasi viduæ. Aguam no-
stram pecunia bibimus : ligna nostra pre-
tio comparauimus.

Daleth. De mes enfans la langue deſechée
S'eſt par la ſoif au palais attachée.
Ces petits malheureux ont demandé du pain,
Sans trouuer qui le rompe & ſoulage leur faim.

Hé. Ceux qui viuoient dans les delices
Sont morts ſur le chemin:
Ceux qui portoient l'écarlate & le lin
Ont embraſſé les immondices.

Vau. Auſſi mon crime a beaucoup ſurpaſſé
Celuy de Sodome abiſmée,
De qui le mur fut renuerſé,
Et la Cité par le feu conſumée,
Sans que dans ce fatal moment
On pût rien enleuer de ſon embraſement.
Miſerable Sion ! implore en tes diſgraces
De ton Dieu ton Seigneur, le ſecours & les graces.

Commencement de l'Oraiſon du Prophete
Ieremie.

LEÇON 3.   Chap. 5.

SOuuenez vous, Seigneur,
Du malheur qui nous preſſe,
Regardez-nous d'vn regard de tendreſſe,
Et voyez noſtre deshonneur.
Nos maiſons & noſtre heritage
Chez les Eſtrangers ſont paſſez,
Nous ſommes deuenus des enfans delaiſſez,
Nos meres ſemblent eſtre en vn triſte veſuage.
Pour de l'argent nous auons mille fois
Beu noſtre eau claire & bruſlé noſtre bois,

B iij

Ceruicibus noſtris minabamur, laſſis non dabatur requies. Ægypto dedimus manum & Aſſyriis vt ſaturaremur pane. Patres noſtri peccauerunt, & non ſunt, & nos iniquitates eorum portauimus. Serui dominati ſunt noſtri, non fuit qui redimeret de manu eorum. In animabus noſtris afferebamus panem nobis, à facie gladij in deſerto. Pellis noſtra quaſi clibanus, exuſta eſt à facie tempeſtatum famis. Mulieres in Sion humiliauerunt, & virgines in ciuitatibus Iuda.

Ieruſalem, Ieruſalem, conuertere ad Dominum Deum tuum.

Dans noſtre ſeruitude.
L'on nous a fait marcher enchaiſnez ſur le dos,
Sans donner du repos
A noſtre laſſitude.
Ceux d'Egypte & d'Aſſur, pour vn morceau de pain,
Nous ont veu preſenter la main.
Nos peres qui ſont morts auoient commis le crime,
Et nous auons porté
La peine illegitime
De leur iniquité.
L'eſclaue qui nous enuironne
Nous a chargé de fers & de coups inhumains,
Et nous n'auons trouué perſonne,
Qui nous ayt tiré de ſes mains.
Nous auons expoſé nos ames
A la mercy des lames,
Du milieu des deſerts aportans noſtre pain :
Et noſtre peau, comme vn four en fumée,
S'eſt conſumée
Par les tempeſtes de la faim.
On a veu la gloire abaiſſée
Des femmes de Sion,
Et les vierges de la Iudée
Dedans l'humiliation.
Miſerable Sion ! implore en tes diſgraces
De ton Dieu ton Seigneur, le ſecours & les graces.

✱✱✱

PSALMVS LXX.

IN te Domine speraui non confundar in æternum : in iustitia tua libera me , & eripe me.

Inclina ad me aurem tuam : & salua me.

Esto mihi in Deum protectorem , & in locum munitum: vt saluum me facias.

Quoniam firmamentum meum : & refugium meum es tu.

Deus meus eripe me de manu peccatoris : & de manu contra legem agentis , & iniqui.

Quoniam tu es patientia mea Domine : Domine spes mea à iuuentute mea.

In te confirmatus sum ex vtero : de ventre matris meæ tu es protector meus.

In te cantatio mea semper : tanquam prodigium factus sum multis , & tu adiutor fortis.

Repleatur os meum laude, vt cantem gloriam tuam : tota die magnitudinem tuam.

PSEAVME LXX.

SEigneur, a vos bontez ie me suis attendu,
Et iamais mon espoir ne sera confondu.
 Déliurez-moy, suiuant vostre iustice,
Et prestez à ma voix vne oreille propice.

  Hastez vostre diuin secours,
Soyez mon Protecteur & mon lieu de refuge,
Mon Dieu, dans les mal-heurs dont ie sens le deluge,
Vous seul estes ma force & mon dernier recours.
 Retirez-moy, Seigneur, de la main ennemie
Du méchant qui resiste à vos commandemens:
  C'est par vous que dans les tourmens
  Ma patience est raffermie;
  Dés la naissance de mes iours,
Vous fustes mon espoir, vous fustes mon secours.
 Ie vous nommay Seigneur, mon Sauueur & mon pere,
  Dés le moment de ma conception:
  Depuis le ventre de ma mere,
Vous estes mon refuge & ma protection.
 Déja tout l'Vniuers admire la puissance
  De vostre diuine assistance,
  Et l'on me regarde en tous lieux,
  Comme vn prodige merueilleux.
  Aussi tous les iours de ma vie,
De vostre nom sacré ie diray la splendeur:
  Et ma bouche sera remplie
Et de vostre loüange, & de vostre grandeur.

Ne proiicias me in tempore senectutis:
cum defecerit virtus mea, ne derelinquas
me.

Quia dixerunt inimici mei : & qui cu-
stodiebant animam meam consilium fe-
cerunt in vnum.

Dicentes, Deus dereliquit eum, persequi-
mini, & comprehendite eum : quia non
est qui eripiat.

Deus ne elongeris à me: Deus meus in au-
xilium meum respice.

Confundantur & deficiant detrahentes
animæ meæ: operiantur confusione & pu-
dore, qui quærunt mala mihi.

Ego autem semper sperabo : & adiiciam
super omnem laudem tuam.

Os meum annunciabit iustitiam tuam: tota
die salutare tuum.

Quoniam non cognoui litteraturam, in-
troibo in potentias Domini: Domine me-
morabor iustitiæ tuæ solius.

Deus, docuisti me à iuuentute mea : & vf-
que nunc pronuntiabo mirabilia tua.

Et vsque in senectam & senium : Deus, ne
derelinquas me.

Donec annuntiem brachium tuum : gene-
rationi omni, quæ ventura est.

Mais vous, Seigneur, au temps de ma vieillesse,
Ne me rejettez pas;
Et soûtenez mes pas,
Alors que ma vertu languira de foiblesse.
Mes lâches ennemis en veulent à mes jours,
Et contre moy, Seigneur, ils conspirent toûjours.
Son Dieu, disent-ils, l'abandonne,
Pressons le de tourmens & de fers inhumains:
Car il ne trouuera personne
Qui le retire de nos mains.
N'éloignez pas de moy vostre sainte presence,
Mon Dieu! veillez à ma deffense.
Qu'ils soient confondus, ô Seigneur!
Ceux dont la malice ennemie
Poursuit mon sang & mon honneur,
Qu'ils soient couuerts de honte & d'infamie.
Pour moy, Seigneur, en vous i'espereray toûjours,
Ie chanteray sans cesse à vostre gloire
Des hymnes de victoire,
Ie publiray vostre diuin secours.
Bien que du beau discours i'ignore l'artifice
Ie diray la grandeur de vos saints attributs:
A toutes les Citez, à toutes les Tribus,
I'annonceray vostre iustice.
O Seigneur Tout-puissant!
Vous m'auez enseigné, dés mon âge naissant,
Aussi ie chanteray vos diuines merueilles,
Iusqu'à ma vieillesse, & iusqu'à mon trépas
I'exalteray toûjours vos bontez sans pareilles,
Seigneur, ne me delaissez pas.
Afin que ie témoigne aux Nations futures
Les prodiges que fait dedans ses creatures
La puissance de vostre bras;

Potentiam tuam & iustitiam, Deus, vsque
in altissima, quæ fecisti magnalia ? Deus
quis similis tibi?

Quantas ostendisti mihi tribulationes
multas & malas ; & conuersus viuifi-
casti me : & de abyssis terræ iterum redu-
xisti me !

Multiplicasti magnificentiam tuam : &
conuersus consolatus es me.

Nam & ego confitebor tibi in vasis psalmi
veritatem tuam : Deus, psallam tibi in ci-
thara, sanctus Israel.

Exultabunt labia mea cum cantauero tibi:
& anima mea, quam redemisti.

Sed & lingua mea tota die meditabitur
iustitiam tuam : cum confusi & reueriti
fuerint qui quærunt mala mihi.

PSALMVS L.

MIserere mei Deus : secundum ma-
gnam misericordiam tuam.

Et secundum multitudinem miseratio-
num tuarum: dele iniquitatem meam.

Amplius laua me ab iniquitate mea : & à
peccato meo munda me.

Quoniam iniquitatem meã ego cognosco:
& peccatum meum contra me est semper.

Ainsi

Et que ie fasse voir que rien n'est comparable
    A vostre grandeur admirable.
Helas! combien de maux m'auez-vous fait sentir,
    Et combien de trauerses?
    Apres ne pouuant consentir
    A mes peines diuerses,
    Vous auez finy ma langueur,
    Et rétably ma premiere vigueur:
Vous m'auez retiré du profond des tenebres,
    Du fond des abysmes funebres.
    Vous auez étalé
    Sur moy vostre largesse:
    Vous m'auez consolé
    Au fort de ma tristesse.
Aussi ie chanteray vostre gloire, ô Seigneur!
    Et l'on m'entendra dire,
    Dessus l'orgue & la lyre,
Au grand Dieu de Sion, des Cantiques d'honneur.
Ma bouche de plaisir & d'ayse transportée,
Et mon ame, ô Seigneur! par vos mains rachetée
    Vous chargeront de benediction.
Ma langue annoncera vostre gloire éclatante,
Et lors mes ennemis, trompez dans leur attente,
Seront couuerts de honte & de confusion.

Pseaume 50. chanté par Dauid lors de sa penitence.

PRenez pitié, Seigneur, de mon infirmité,
    Suiuant vostre douceur immense
    Et vostre admirable clemence,
    Effacez mon iniquité.
Lauez ma saleté, purgez-moy de mon crime,
I'ay peché deuant vous, mon Dieu, ie le connoy,
Et de mon attentat le temoins legitime
    Incessamment s'éleue contre moy.

Tibi soli peccaui, & malum coram te feci:
vt iustificeris in sermonibus tuis: & vincas
cum iudicaris.

Ecce enim in iniquitatibus conceptus
sum : & in peccatis concepit me mater
mea.

Ecce enim veritatem dilexisti : incerta &
occulta sapientiæ tuæ manifestasti mihi.

Asperges me hyssopo & mundabor : laua-
bis me, & super niuem dealbabor.

Auditui meo dabis gaudium & lætitiam;
& exultabunt ossa humiliata.

Auerte faciem tuam à peccatis meis : &
omnes iniquitates meas dele.

Cor mundum crea in me Deus : & spiritum rectum innoua in visceribus meis.

Ne proiicias me à facie tua : & Spiritum
sanctum tuum ne auferas à me.

Redde mihi lætitiam salutaris tui : & spi-
ritu principali confirma me.

Docebo iniquos vias tuas : & impij ad te
conuertentur.

Libera me de sanguinibus Deus, Deus salutis meæ : & exaltabit lingua mea iustitiam tuam.

Ainſi voſtre bonté ſera gloriſiée,
  Et voſtre foy iuſtifiée.
Bien que ie ſois conceu dedans l'iniquité,
  Et né dedans l'offenſe,
Vous cheriſſez en moy l'eſprit de ſapience,
  De iuſtice & de verité:
Et vous m'auez appris vos ſecrets admirables,
  Et vos loix adorables.
Deſſus les crimes de mon cœur
  Vous répandrez, Seigneur,
  Vos eaux ſaintes & pures,
Et ie ſeray purgé de toutes mes ordures:
  Vous lauerez ma ſaleté,
Et ie ſurpaſſeray la neige en pureté.
  Vous verſerez par mes oreilles,
Iuſqu'au fond de mō cœur, vos douceurs ſãs pareilles,
Et mes os abatus & flétris de langueur
  Reprendront nouuelle vigueur.
Détournez loin de moy vos œillades cruelles,
  Effacez mon iniquité,
Créez en moy, Seigneur, vn cœur de pureté,
  Dans mes entrailles criminelles,
Faites naiſtre, ô mon Dieu l'eſprit de ſainteté.
Ne me rejettez pas loin de voſtre perſonne,
Que voſtre ſaint Eſprit iamais ne m'abandonne,
Rendez-moy vos plaiſirs & vos biens les plus doux,
Fortifiez mon cœur de vos plus ſaintes graces,
Aux pecheurs égarez i'enſeigneray vos traces,
Et les plus libertins retourneront à vous.
Du ſang que i'ay verſé détournez la vengeance,
O mon Dieu, mon ſalut & mon dernier recours!
  Et ma langue, en tous ſes diſcours,
Exaltera voſtre iuſte puiſſance.

                    C ij

Domine labia mea aperies: & os meum annuntiabit laudem tuam.

Quoniam si voluisses sacrificium, dedissem vtique: holocaustis non delectaberis.

Sacrificium Deo spiritus contribulatus: cor contritum & humiliatum Deus non despicies.

Benignè fac Domine in bona voluntate tua Sion: vt ædificentur muri Ierusalem.

Tunc acceptabis sacrificium iustitiæ, oblationes & holocausta: tunc imponent super altare tuum vitulos.

CANT. ZACHARIÆ.   LVC. I.

BEnedictus Dominus Deus Israël: quia visitauit, & fecit redemptionem plebis suæ.

Et erexit cornu salutis nobis: in domo Dauid pueri sui.

Sicut locutus est per os Sanctorum: quia sæculo sunt, Prophetarum eius.

Salutem ex inimicis nostris: & de manu omnium qui oderunt nos.

Ad faciendam misericordiam cum patribus nostris: & memorari testamenti sui sancti.

Iusiurandum quod iurauit ad Abraham patrem nostrum: daturum se nobis.

Vous ouurirez ma lévre, & ma bouche, ô Seigneur!
Vous chantera des Cantiques d'honneur.
Si pour satisfaire à mes crimes,
Il vous eut fallu des victimes,
I'en eusse immolé denant vous:
Mais lors que nous pechons contre vostre iustice,
L'holocauste & le sacrifice
N'appaisent point vostre courroux.
Le meilleur sacrifice & le plus raisonnable
Est celuy de l'esprit fidele & penitent:
Vn cœur soûmis & repentant
Vous sera toûsiours agreable.
Seigneur, accordez à Sion
Vostre sainte protection:
Afin que de ses murs l'enceinte releuée
Soit bien-tost acheuée.
C'est alors, ô mon Dieu, que vous accepterez
Nos sacrifices legitimes:
C'est lors que l'on mettra sur vos Autels sacrez
Des offrandes & des victimes.

Cantique chanté par Zacharie pere de S. Iean Bapti-
ste, lors de la naissance de son fils.

CElebrons la gloire immortelle
Du Seigneur Tout-puissant, du grâ Dieu des iõ:
C'en est fait, il finit nostre redemption,
Il visite à la fin sa Nation fidele,
Et du sang de Dauid son ancien seruiteur
Nous fait naistre vn Liberateur,
Suiuant sa foy diuine, & ses p ômesses faites,
Par la voix de tous ses Prophetes:
Il accomplit le testament,
Qu'au bon pere Abraham il iura par serment;

C i ij

Vt sine timore de manu inimicorum no-
strorum liberati:seruiamus illi.

In sanctitate & iustitia coram ipso:omni-
bus diebus nostris.

Et tu, puer, Propheta Altissimi vocaberis:
praeibis enim ante faciem Domini parare
vias eius.

Ad dandam scientiam salutis plebi eius:
in remissionem peccatorum eorum.

Per viscera misericordiae Dei nostri : in
quibus visitauit nos oriens ex alto.

Illuminare his qui in tenebris & in vm-
bra mortis sedent : ad dirigendos pedes
nostros in viam pacis.

Et nous donne la mesme grace,
Qu'il fit à nos ayeux en pareille disgrace:
Il met à la raison nos tyrans inhumains,
Et nous arrache de leurs mains.

Afin que déliurez des chaisnes ennemies,
De leurs vaines frayeurs nos ames raffermies,
Le seruent à iamais,
En saincteté, hiſtice & paix.

Mais vous, enfant, le Ciel arreſte
Que du grand Dieu vous ſoyez le Prophete;
Vous irez deuant luy preparer aux humains
Sa marche & ſes chemins,
Vous montrerez à ſa troupe égarée,
La route de ſalut qu'elle auoit ignoré e,
Et lauerez l'iniquité
De cette rebelle Cité.

Au nom de la miſericorde,
Que noſtre grand Dieu nous accorde
Et qui l'oblige à viſiter ces lieux,
Comme vn Soleil qui ſe leue des Cieux,
Eclairez nos eſprits, que la mort & des ombres
Tiennent enſeuelis dans leurs abiſmes ſombres,
Et malgré leurs broüillards épais,
Guidez nos pas au chemin de la paix.

VEni creator Spiritus,
  Mentes tuorum visita,
Imple superna gratia,
Quæ tu creasti pectora.
  Qui Paracletus diceris,
Donum Dei altissimi:
Fons viuus, ignis, charitas,
Et spiritalis vnctio.
  Tu septiformis munere,
Dextræ Dei tu digitus,
Tu rite promissum Patris,
Sermone ditans guttura.
  Accende lumen sensibus,
Infunde amorem cordibus:
Infirma nostri corporis,
Virtute firmans perpeti.
  Hostem repellas longiùs.
Pacemque dones protinùs,
Ductore sic te præuio,
Vitemus omne noxium.
  Per te sciamus da Patrem,
Noscamus atque Filium:
Te vtriusque Spiritum,
Credamus omni tempore.
  Gloria Patri Domino,
Natoque, qui à mortuis, &c.

Version

Version du Veni Creator, aussi presentée au Roy.

Venez, venez, Esprit consolateur,
　　Du monde premier Fondateur !
　　Source d'amour ! Torrent de flâmes !
　　Baûme diuin ! present des Cieux !
　　Descendez dans nos ames,
Et remplissez nos cœurs de vos dons precieux.
C'est vous, qui du Tres-haut nous dispesez les graces,
Vous écriuez ses loix, c'est vous, dont le secours
Par luy nous est promis au fort de nos disgraces,
C'est vous qui nous donnez les charmes du discours.
Eclairez nos esprits, enflammez nos poitrines,
　　Et soûtenez, par vos forces diuines,
　　　De nostre humanité
　　　La foiblesse & l'infirmité.
Ecartez loin de nous les fureurs de la guerre,
Et donnez l'abondance & la paix à la terre.
Marchez deuant nos pas, marquez-nous les chemins,
Et détournez de nous tous les maux des humains.
Faites-nous adorer vostre diuin mystere,
Faites-nous reconnéstre & le Fils & le Pere,
　　Et vous, leur Esprit bien-heureux,
　　　Et leur souffle amoureux.
　　Ainsi les hommes & les Anges
Donnent à vos bontez d'eternelles loüanges,
　　　O Pere, nostre Createur !
　　　O Fils, nostre Liberateur !
　　O saint Esprit, nostre Consolateur.

　　　　　　　　　　　　D

Extraict du Privilege du Roy.

PAr grace & Privilege du Roy , donné à Paris le 20. Iuin 1661. & signé par le Roy en son Conseil, GVITONNEAV : Il est permis à Mr PERRIN , Conseiller du Roy en ses Conseils, Introducteur des Ambassadeurs & Princes estrangers , prés la personne de feu nostre tres-cher & bien aimé Oncle le Duc d'Orleans ; de faire imprimer , vendre & debiter en tous lieux de nostre obeyssance, par tels Imprimeurs & Libraires qu'il voudra choisir, ses Oeuvres de Poësies, & ce en tel volume & caractere que bon luy semblera, pendant l'espace de sept années: Et deffenses sont faites à toutes personnes de telles qualité qu'elles soient d'en rien imprimer, vendre ny debiter sans la permission dudit Exposant , ou de ceux qui auront droit de luy, à peine de mil livres d'amende , confiscation des Exemplaires contrefaits , & de tous dépens, dommages & interests , comme il est plus au long mentionné ausdites Lettres , qui sont tenuës pour bien & deuëment signifiées en vertu du present Extraict.

Ledit Sieur Perrin a cedé & transporté le Privilege cy-dessus à Estienne Loyson , Marchand Libraire à Paris, suivant l'accord fait entr'eux.

Registré sur le Livre de la Communauté des Libraires, le 27. Iuillet 1661.

61